SENTRE

THE
ELECTRIC
STATE

电幻国度

〔瑞典〕西蒙·斯塔伦海格 著绘　　汪洋 译

浙江文艺出版社
Zhejiang Literature & Art Publishing House

我们当面讥笑
我们绝不屈从
我们被绑在铁轨上
代价沉重

他们的眼里空荡荡
他们的心中灰蒙蒙
我们的全部
他们都要偷走
我们的一切
他们都要拆空
但他们休想成功

爱走我的路啊
一条新路
自在由我啊
这趟旅途

吞下所有的泪水吧，亲爱的
绽放崭新的容颜
如果你不参加比赛
输赢又与你何干……

——出自迷幻皮草乐队1982年发行的专辑《此刻永远》中的单曲《爱走我的路》

战争是无人机操作员打赢的——这些远离战场的男女，在控制室中操作无人机搏杀，终于取得了这场绵延七年多的战略游戏的胜利。联邦军队的操作员住在全新的郊区，生活一向惬意悠闲。下班回家的路上，他们可以从三十种谷物食品中任意挑选。无人机技术饱受赞誉，因为我们不用再做出毫无意义的牺牲。

但这也带来了两个副作用：第一，交火中难免有不幸的平民伤亡；第二，作为对防御技术之神的献祭，联邦操作员的孩子全是死胎。

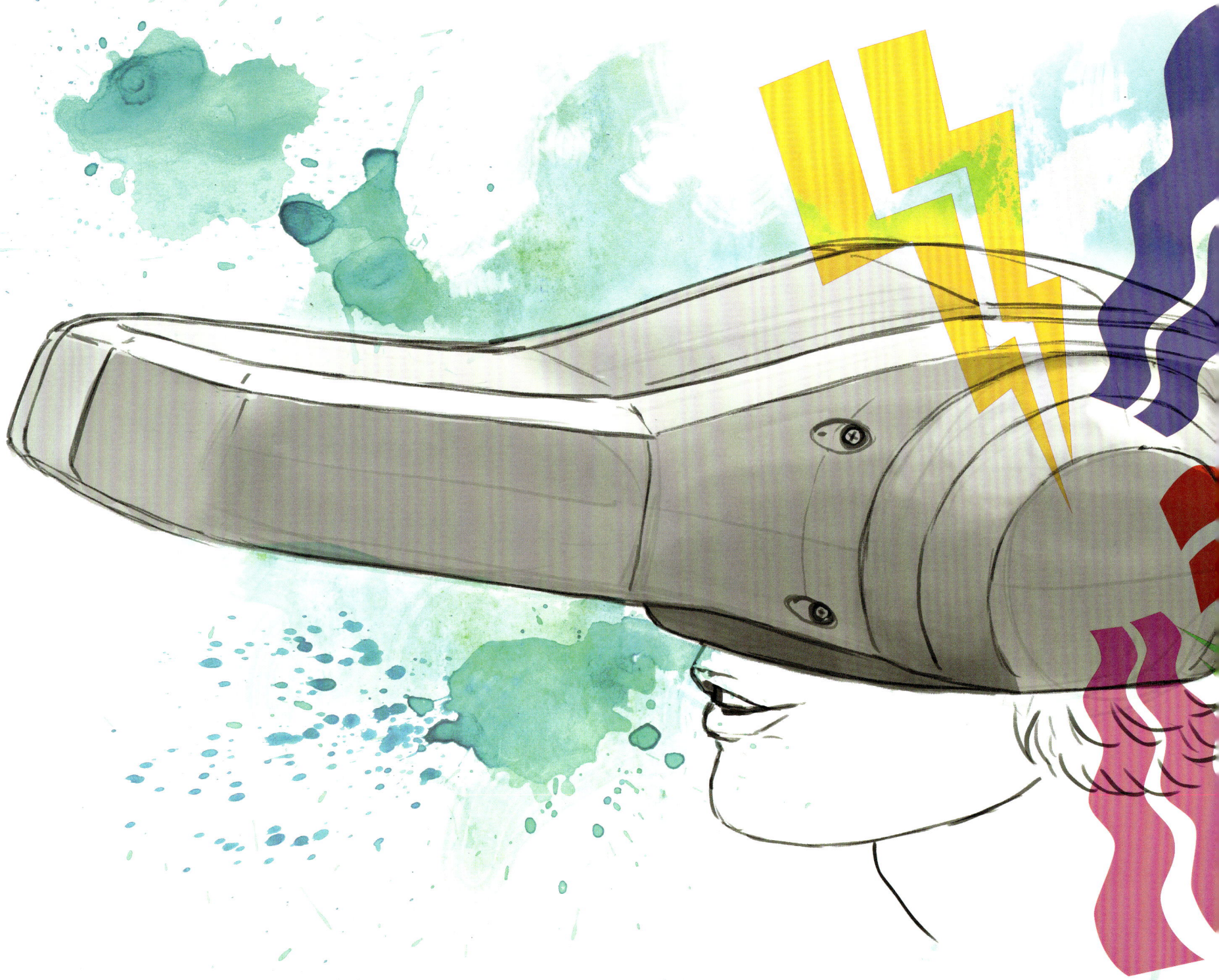

mode 6

开启全新体验

01.11.1996

SENTRE

永不下线

Mode 6 与所有Sentre神经刺激装置兼容

THE BLACKWELT EXCLUSION ZONE

York Butte · UBEHBE PEAK · MARBLE CANYON · Stovepipe Wells · STOVEPIPE WELLS · CHLORIDE CLIFF · BIG DUNE

Death Valley

EELER · DARWIN · Panamint Springs · PANAMINT BUTTE · EMIGRANT CANYON · FURNACE CREEK · RYAN · ASH MEADOWS

Darwin

DEATH VALLEY NATIONAL MONUMENT AND VICINITY

Death Valley Junction

AIWEE ERVOIR on · COSO PEAK · MATURANGO PEAK · TELESCOPE PEAK · BENNETTS WELL · FUNERAL PEAK · EAGLE MTN · STEWART VALLEY · PAHRUMP

BLACKWELT PACIFICA

Shoshone

LE LAKE · MOUNTAIN SPRINGS CANYON · TRONA · MANLY PEAK · WINGATE WASH · CONFIDENCE HILLS · SHOSHONE · TECOPA · TECOPA · HORSE THIEF SPRINGS · SHENANDOAH PEAK

Trona

Inyokern · Westend

YOKERN dgecrest · RIDGECREST · SEARLES LAKE · WINGATE PASS · QUAIL MTS · LEACH LAKE · AVAWATZ PASS · SILURIAN HILLS · KINGSTON PEAK · CLARK MTN · ROACH LAKE

Primm

Nipton

ck · Johannesburg Red Mountain · CUDDEBACK LAKE · PILOT KNOB · COLDSTONE LAKE · TIEFORT MTS · RED PASS LAKE · BAKER · HALLORAN SPRING · MESCAL RANGE · IVANPA Ivanpah

andsburg tsdale · Red Mountain

Halloran Springs · 15

Baker

Cima

fornia City TLE BUTTE · BORON · FREMONT PEAK · OPAL MTN · LANE MTN · ALVORD MTN · CAVE MTN · SODA LAKE · OLD DAD MTN · KELSO · MID HILLS

MOJAVE DESERT

North Edwards

Kramer Junction · Lockhart

Boron · Hinkley · Barstow · 15 · Kelso

68 · Lenwood · Yermo DAGGETT · NEWBERRY · CADY MTS · BROADWELL LAKE · KERENS · FLYNN · COLION WELL

ERS LAKE · KRAMER · HAWES · BARSTOW · Dagett · Newberry Springs

Hodge

MOJAVE DESERT, PACIFICA, USA
SPRING 1997

美国，太平洋州，莫哈韦沙漠
1997年春

五月是沙尘肆虐的时节。雾霾之中，风时起时歇，扬起一幕幕暗褐色的尘土，席卷天地，呼呼作响。风沙贴着地面滚滚而来，嘶嘶地穿过杂酚树<u>丛</u>，堆出起伏的沙丘。在永不止息的静电噪声般的风声中，沙丘悄悄移动、生长。

曾有人警告灯塔看守人，不能长时间倾听大海的声音。同样，在这风声中浸淫太久，你也会精神失常，乃至产生幻听。

你会觉得，那声音中仿佛存在着某种密码——一旦被你察觉，它就会从深渊中无可挽回地召唤出魔鬼。

9

我没有再听风声。沉重的霰弹枪压得肩膀酸痛不已，双脚迈步的动作也机械起来，似乎它们已不再属于我。我的思绪飘来荡去，最后竟成了一个白日梦：我想到了特德，他躺在索斯特的太阳伞下，胳膊上停着几只彩色大鸟，嘴巴不停嚅动——他正做着什么梦。

我注意到自己嘴里有什么软软的东西，便停下脚步，吐出一口状如灰白橡胶的唾沫。蹦蹦走到我身边，瞅着地上那坨东西。它看上去像是一条恐怖的毛虫。我一脚踩上去，努力将其踩进沙土中，但只把它搓成一根长长的面条。蹦蹦看着我。

"只是沙尘。"我说。

我从背包里取出水瓶，漱了漱口，又吐了几次口水，然后重新背上包。我看见远方有什么东西。沙丘上赫然出现一块粉红色的布，在风中飘扬，如同一顶小降落伞。我走过去，用脚将它挑起来。是一条内裤。

粉红色内裤是从附近停车场的一辆黑色奥兹莫比尔上的车顶行李箱里吹出来的。行李箱大开着，风把衣物刮得满地都是。除了遍覆沙尘，那辆车看上去状况良好——胎没瘪，灯没坏，车窗也完好无损。

这款车似乎相当昂贵。车主人躺在一旁的沙地里。他们应该是一对老年夫妇。车后座上有两个长方形硬纸板箱，坐垫上铺着塑料泡沫填充颗粒。除此之外，这辆车可以说毫无瑕疵，显然经过精心保养。我搜了这对老夫妇的口袋，希望能找到点现金。女人的口袋空空如也，但我在男人的左口袋里发现了车钥匙，还有一个折起来的信封，里面装着一幅带标注的城市地图，一张十美元钞票，购买两台Sentre神经刺激装置的收据，还有两张去加拿大的入境许可证。我坐到方向盘后面，将钥匙插入点火开关一拧。车子发出嗡嗡的电子点火声，吭哧吭哧地喷出几下废气，然后就启动了。仪表盘上的各种数字瞬间点亮，一个模拟时钟开始滴答作响，速度计下方的显示屏上滚出一串绿色的文字：下午好。我探出身子，亲了亲方向盘。运气好的话，我心想，在抵达太平洋之前，我们就不用换车了。

汽车引擎空转着，我坐在车上研究蹦蹦的地图。它在旧金山纪念城以北的海上画了个红圈，就在像长手指一样深入海中的海岬外面。海岬顶端有一个小社区，叫林登角，蹦蹦用潦草的红点将它标出来。地图边缘夹着房产经纪的小宣传册，介绍的是米尔路2139号的一座房子。

很难弄清我们此刻在哪儿，但我怀疑是在太平洋州的州境线西侧，也许在15号州际高速公路附近。太平洋州东部的大部分公路，如今很可能因为沙尘肆虐而无法通行。但我其实想尽量避开西面的大城市和人口密集区。一步步来吧。首先，我们不得不先往西走，找一条更好的公路。走运的话，北边的395号公路还能驶入，可以沿着这条路穿过内华达山脉东侧的乡村区域。这就是我们的打算。

15号州际高速公路上覆盖着一层薄薄的沙尘，路面几乎无法辨认，可视度非常低。路上不时还会遇见废弃的汽车，所以我最多只敢以二十五英里的时速前进。我探出身子，专心辨认沙尘下的路面边缘，但很快就筋疲力尽。进入午后，风越刮越大，几乎伸手不见五指，我们别无选择，只得停下来等待沙尘暴过去。我从第一个可用的出口下高速，停进一处看似休息区的地方。外面狂风怒吼，卷过灌木丛。漫天的沙尘将仅有的绿色尽数吞没，直至天地之间只剩一片灰黄。

我们睡着了，任凭汽车被咆哮的黑暗吞噬。车在风中摇晃不止，我梦到自己睡在巨人的肚子里。

第二天早晨，风减弱下来。车外出现了许多巨大的黄鸭。起初我还以为它们是昨晚被沙尘暴吹来的，但很快便意识到，我们过夜的地方其实是一个靶场。所有的靶鸭身上，都有各种大口径子弹打出的窟窿。

我们用几个小时探索这个被废弃的靶场，找到一只装着整套工具的工具箱和半盒霰弹枪子弹。在工具棚的垫子上，我们发现了一个躺着的东西，眼神空洞地盯着天花板，看上去像自制的性爱机器人。昏暗的光线中，机器人大脸上那张涂红的嘴大张着，里面什么都没有。一想到曾有什么东西塞进那个洞里，我就忍不住想往后退。我把手缩进衬衣袖子，小心翼翼地抓住机器人的躯体，将它翻过来，侧身躺着。我用工具箱里的螺丝刀打开了背部盖板，取出三大块钒电池。它们还是温热的。

回到车中，我正要拧钥匙点火，忽然停住了手。一个念头钻进脑子，让我感觉犹如百爪挠心。我解开安全带，抓起霰弹枪，下了车。我告诉蹦蹦留在车里，锁上门，然后轻手轻脚地关上车门，返回靶场。

我在靶场另一头的一辆废弃房车里发现了性爱机器人的主人。他满嘴无牙，蓄着络腮胡，头戴神经投影仪，正呼哧呼哧地喘着气。他身体消瘦皱缩，房车里恶臭难闻。静脉注射管插在他的一条胳膊上，绕过点滴架，通往天花板上的大箱子，箱内装满黄澄澄、黏糊糊的东西。老人完全丧失了行动能力，而且说不准他在那儿待了多久。我在他床下的玻璃罐里发现了卷起来的两百美元。取出钱后，我离开了。

我们用了两个晚上才驶出禁区。经过路障时，为了避免被人发现，我等到半夜才动身，就这样偷偷摸摸地走完最后一段路，来到巴斯托。我本希望在驶入北面的395号公路之前，能找个地方补充燃料和食物。谁料在过去几年，干旱区渐渐西侵，已经将巴斯托完全吞没。沙尘甚至远飘进城中。除了拖着小车穿过沙丘的个别流浪汉，整个城市空无一人。想加油就只能去莫哈韦，但那里太偏西了。至少要更靠东几十英里，我才能安心。

汽车在漆黑的沙漠之夜中穿行，犹如深海沟里的潜水艇。第一次看见地平线上的灯光时，车上的时钟显示凌晨三点半。我们朝灯光驶去。我熄灭了车灯，尽量放慢车速，直到看见那些闪烁的路障灯。我把车停在路肩上，关掉引擎。蹦蹦已经睡着，我只得将它唤醒。它坐起来，注视窗外良久。我解释说需要它帮忙清理路障，然后一起下了车，走完最后的几百码。我们将路障挪开，清出一条足够汽车通过的通道。车刚刚驶出路障，我们就下车走回去，将路障归位。直到进入城市，我们才敢打开大灯。

我们在城市边缘发现了一处停车场，便停在那里休息。我躺在后座，闭上眼，仿佛看见沙尘暴退到了我们身后，就像一面棕色的棉花巨墙。

我在莫哈韦做了许多事。我洗了衣服，买了食物，加了油，洗了车，甚至还找到了几本给蹦蹦看的漫画书和"宇宙小子"人偶。

这里正在迅速沦为空城。随处可见载有大量行李的汽车。床、沙发、大电视被搬出来，捆在房车和轿车的车顶。超市里人满为患、乌烟瘴气。货架上的商品寥寥无几。排着长队的购物者瑟瑟发抖，脸上写满焦虑和恐惧。人们用高度戒备的眼神打量着彼此，仿佛随时等待着爆发一场抢劫。

我常常看见体态臃肿、神色紧张的男子撞开人群，身后跟着他们的妻子儿女。在一家电器商店外，一群身穿防弹衣的男孩正在站岗，手持自动武器和对讲机。他们努力装出严肃正经的模样，但这做作的表情骗不了任何人——他们只是爱演戏罢了。

我在一家"汉堡亭"外独自坐了一会儿，吃掉一块苹果馅饼。用餐平台空荡荡、静悄悄的，只有一个男孩在门外的黄色充气城堡里沮丧地上下蹦跳着。我发现他尿了裤子——一条长长的深色尿渍顺着裤腿一直延伸到鞋里。他看见了我，我们四目相对。他咧嘴一笑，露出一口缺牙，数量少得不正常。

"同我一块儿跳呀！"他叫道。

我环顾四周。没有旁人。

"你爸妈呢？"

"到处都是。"男孩答道。

我曾在战争中目睹有人被击中。他叫马克斯，我们正在赫尔堡垒B栋后面的露台上抽烟，聊着意大利卤汁面条。马克斯爱卤汁面条，子弹击中他的时候，他正谈到如何制作贝夏梅尔调味白汁。ALA的一艘黑色突击舰悄然浮上地平线，无人觉察。袭击突然而且短促，一共射出三发子弹，两发击中我们身后的水泥墙，第三发击中马克斯颧骨旁靠近鼻子的位置。我不想去描述不必要的细节，但现实世界里看得见摸得着的细节正是问题的关键，不管多么残酷，你都只好接受。从突击舰射出的子弹非常特别，是磁钕材质的。子弹以每秒12000英尺的速度袭来，带着令人难以置信的动能，将马克斯嘴以上的部分都打碎了。

我蜷缩在地上，看见一块块粉红色的人体组织落满周围的石板地面。在赫尔堡垒的警报系统鸣响之前，我脑子里冒出的念头竟是：瞧，贝夏梅尔调味白汁的配方就在其中！可是，就算我用尽全力，将所有碎块残渣都捞起来，放回马克斯被炸成坑的头颅中，他的调制方法还是永远成谜了。马克斯的卤汁面条以精妙的方式存在于那些粉红色人体组织中，正如爱、恨、焦虑、创造力、艺术、法律和秩序一样。让我们人类不只是长得更高的黑猩猩的一切，都在那些碎块里。但现在，那些东西洒满了石板地面，没有任何人类技术可以将它们复原。不可能的。

这便是我的唯物主义认知。我想说的是，我们称为"卤汁面条"的东西其实只是一种现象，它形成于我们的大脑结构之中，是这些结构的组合和相互作用塑造了它。任何声称"卤汁面条"不只是现象的人，要么就是低估了大脑的复杂程度，以及大脑结构组合方式的多样性，要么就是高估了"卤汁面条"这一现象。

我们将城市抛在身后，驶入沙漠。莫哈韦以北的395号公路如同尺子画出的直线一般横穿这片荒凉地带，路上几乎看不见一辆车。窗外的风景让我不安起来。过去三周，我们都在布拉克韦尔特贫瘠地带跋涉，顶多只能看见几百码开外的地方。现在视野却一下子豁然开朗——汽车就像在一张巨幅白纸上爬行的黑虫。

我来过这里。十四岁的时候，特德和比吉特开车带我穿越了这片沙漠。他们给我买了一台相机。他们觉得，从事一些艺术创造对我有益。我最初的想法是拍一组路上被撞死的动物的照片，但比吉特不愿让我的"对毁灭的病态迷恋"毁了这趟旅行。当我想在一头被轧死的郊狼边停车时，她给我扣上了这顶帽子。

他们说，这趟旅行的意义就在于聚在一起互相了解，度过一段可供回忆的"快乐时光"，所以不准我戴耳机。比吉特一遍遍地调低收音机音量。她想谈谈，自从开始纵容神经碱上瘾者之后，整个太平洋州就崩溃了。她说了一大通关于自尊、责任之类的话，还说上瘾者通常缺乏这方面的能力，例如我母亲。

后来我们来到一个国家公园。礼品店外的空地里都是像我一样的金发少女，还有许多像特德和比吉特一样的爸爸、妈妈。他们全在互相埋怨，为夹克衫、婴儿车、防晒油、什么时候吃什么东西、吃的东西多少钱之类的话题争吵不休。后来，比吉特去点餐的时候，我告诉特德，我想把头发染黑。特德告诉我，他在六十年代是一头长发。我们聊到了披头士是如何影响科特·柯本的。比吉特拿着我们的食物回来时，特德说："你觉得米歇尔黑发漂亮不？"比吉特呵呵一笑，道：

"噢，不行，亲爱的，你在外形方面绝不能马虎。"

我一言不发地逃进厕所。过了一会儿，我觉得愤怒已经平息。但返回我们的桌子时，我抓起邻桌别人留下的托盘，砸在比吉特的后脑勺上，茶托、塑料容器和没吃完的三明治飞到用餐的顾客当中。我不知道自己的狠劲儿从何而来，但我抓住她的发髻，将她脑袋猛地扣到桌面上，撞断了她的鼻梁骨。

当时我为自己的所作所为感到很难过。但现在，我旧地重游，回想起那件事时，心中竟然没有一丝羞耻感。比吉特是自作自受，她之后的遭遇也是罪有应得。人总在失去之后，才知道曾经拥有的是什么，此言不假。比吉特是个该死的混蛋。她死了，我毫无感觉。

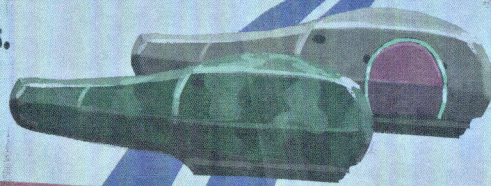

蹦蹦沉浸在一本漫画书中。我想从收音机中找到加油站的信息，但听到的大部分是静电噪声。唯一辨识得清的，是一段用西班牙语唱"我将永远爱你"的歌声。我只好放弃，重新坐回座椅。

说来也怪，打断养母的鼻子反而让我时来运转。我被送到了萨默格拉德管教营，在那里遇到了阿曼达。她是我在河畔中学的同班同学。她用眩晕枪袭击了化学老师，于是被送到了萨默格拉德管教营。

薇姬·索伦森是萨默格拉德管教营的负责人，她带我们绕着一个名为埃斯夸伽马的小湖行军。我们要背负沉重的背包，搭帐篷，学习在野外保持个人卫生，还要早起生火，在小铝罐里做早餐，然后收好帐篷，再次环湖行军。我们会不时停下，一同解决虚构出来的问题，以增进彼此的信任，摆脱妨碍我们感到快乐和对未来充满希望的死亡旋涡。

我们将鱼身上的黏液涂在一条女式内裤上，藏进薇姬·索伦森的背包里。

从萨默格拉德管教营出来后，又过了几年，我们坐在汤米家的院子里。肖恩的妹妹康妮将香烟盒里的铝箔撕下来，做成小小的结婚戒指，戴在克里斯的手指上。我努力倾听汤米对阿曼达说了什么。这时，克里斯提出去尼普顿的石灰石采石场。我们挤进轿车，我只能坐在阿曼达的大腿上。汤米坐她旁边，一上车就用一条胳膊搂住她，开始揉搓她的肩膀。我搞不清她是不是喜欢他的触碰，因为她并未反抗。我们上高速公路之后，他又开始拨弄她的头发，我转头望向窗外。阿曼达肯定注意到了我的反应，因为她的一只手立刻放到我的大腿上，在我的大腿和车门之间没人看得到的地方，用拇指隔着牛仔裤上下抚摸我。一股热流涌遍全身。我屏住呼吸，听不见别人在说什么，直到我们在采石场下车。

采石场底部有一池碧绿的潭水，水中有座跳台。汤米和肖恩都从跳台顶层完美跃下。克里斯在顶层的栏杆上摇摇晃晃地保持平衡时，康妮尖声惊叫起来。他们都游到了池子另一头。只剩下阿曼达和我留在跳台上。我们爬上顶层。暮色四合，清风吹皱水面，桦树沙沙作响，拉斐特的无数车灯在地平线汇成一条光河。阿曼达说："米歇尔，你有索斯特城最白的大腿。"

跳台下的阴影中，她吻了我。没人看见。我忍不住发抖，说这是因为水太冷。

入秋后，我教她如何进入艾塔斯卡的机器墓地，向她演示如何从厄耳癸诺斯飞船残骸的神经元装置中提取"梦境微光"。我们将"梦境微光"碾碎，融化，制成片剂，卖给范德温特中学的一个家伙，每片五美元。我们将一部色情片的声音录在磁带上，然后在阿曼达父亲主持礼拜的教堂外，用手提音响大声播放出来。我们在课堂上频频传递眼神，一起跷课，一起擅闯民宅，一起偷衣服和磁带。忽然之间，我再也不想逃离索斯特了。

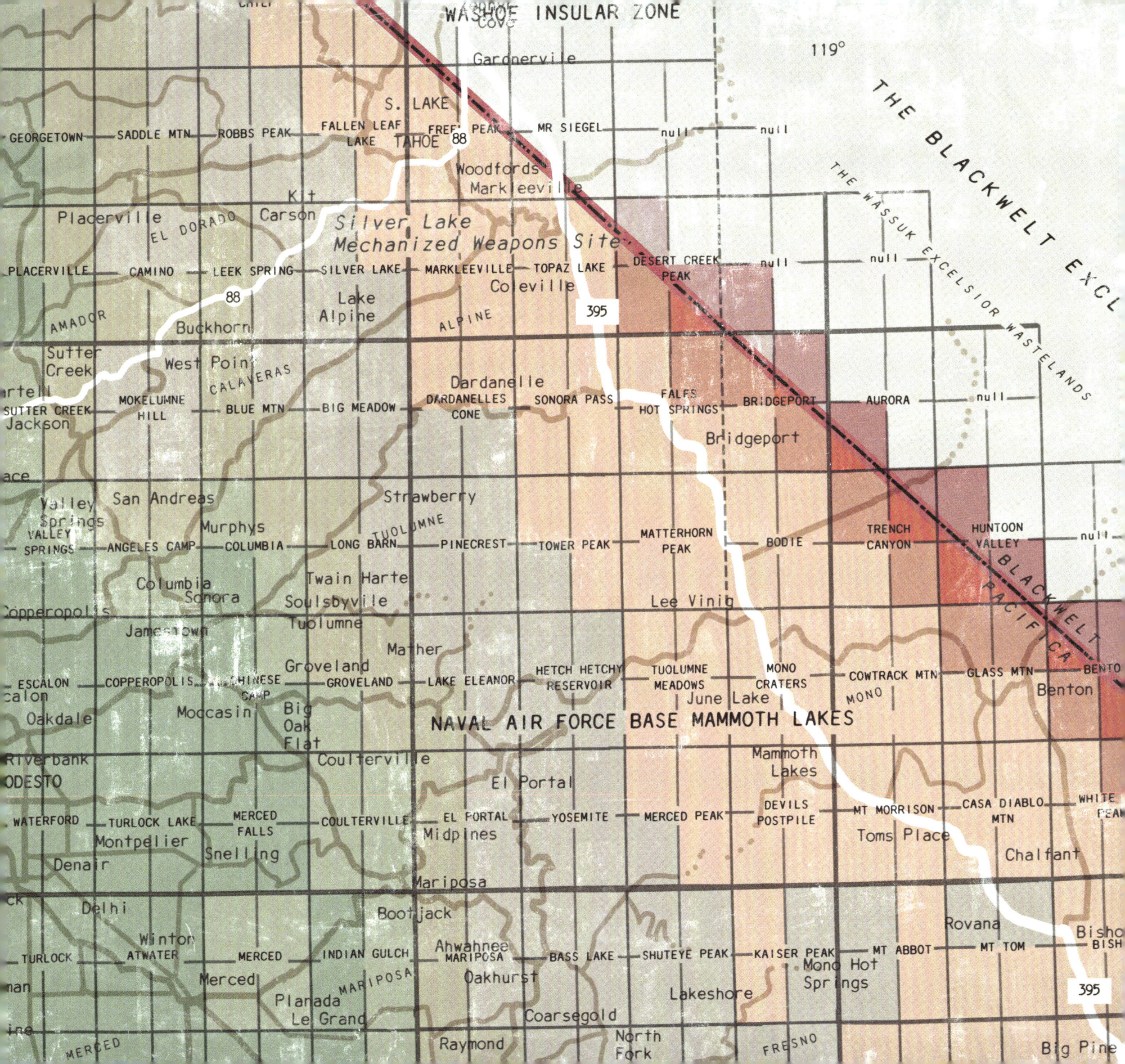

WASHOE INSULAR ZONE

119°

THE BLACKWELT EXCL

THE WASSUK EXCELSIOR WASTELANDS

CHILI
COVG
Gardnervile

S. LAKE
FALLEN LEAF
LAKE TAHOE 88
FREE PEAK
MR SIEGEL
null
null

GEORGETOWN   SADDLE MTN   ROBBS PEAK

Woodfords
Markleeville

Placerville
EL DORADO
Kit
Carson
Silver Lake
Mechanized Weapons Site

PLACERVILLE   CAMINO   LEEK SPRING   SILVER LAKE   MARKLEEVILLE   TOPAZ LAKE   DESERT CREEK PEAK   null   null

Coleville
395

AMADOR   88   Buckhorn   Lake Alpine   ALPINE

Sutter Creek   West Point   CALAVERAS

rtell   Dardanelle   FALFS HOT SPRINGS   BRIDGEPORT   AURORA   null

SUTTER CREEK
Jackson   MOKELUMNE HILL   BLUE MTN   BIG MEADOW   DARDANELLES CONE   SONORA PASS   FALFS HOT SPRINGS

Bridgeport

Valley Springs   San Andreas   Strawberry   MATTERHORN PEAK   TRENCH CANYON   HUNTOON VALLEY   null

VALLEY SPRINGS   Murphys   TUOLUMNE   BODIE   MONO

ANGELES CAMP   COLUMBIA   LONG BARN   PINECREST   TOWER PEAK   BLACKWELT PACIFICA

Columbia   Twain Harte   Lee Vinib
Copperopolis   Sonora   Soulsbyville   Tuolumne

Jamestown   Mather   HETCH HETCHY RESERVOIR   TUOLUMNE MEADOWS   MONO CRATERS   COWTRACK MTN   GLASS MTN   BENTO

ESCALON   Groveland   June Lake   Benton
calon   COPPEROPOLIS   CHINESE CAMP   GROVELAND   LAKE ELEANOR   MONO

Oakdale   Moccasini   Big Oak Flat   NAVAL AIR FORCE BASE MAMMOTH LAKES

Riverbank   Coulterville   Mammoth Lakes
ODESTO   El Portal   DEVILS POSTPILE   MT MORRISON   CASA DIABLO MTN   WHITE PEAN

WATERFORD   TURLOCK LAKE   MERCED FALLS   COULTERVILLE   EL PORTAL   YOSEMITE   MERCED PEAK

Montpelier   Snelling   Midpines   Toms Place   Chalfant
Denair

Delhi   Bootjack   Rovana   Bisho
BISH

Winton   Ahwahnee   395
TURLOCK   ATWATER   MERCED   INDIAN GULCH   MARIPOSA   BASS LAKE   SHUTEYE PEAK   KAISER PEAK   MT ABBOT   MT TOM

Merced   Mariposa   Oakhurst   Mono Hot Springs
man   Planada   Lakeshore
ine   Le Grand   Coarsegold
MERCED   Raymond   North Fork   FRESNO   Big Pine

THE MOUNTAINS

山 区

大部分山口都被雪覆盖，我们不得不一路开到卡森城，才找到一条可以通往山脉西侧的路。我不喜欢到这么靠北的地方，因为卡森河周围的整片河谷地区是臭名昭著的法外之地。在加德纳维尔终于进入88号公路后，我们开始向西南方向行驶，进入阿尔派恩县，经过一串破败的城镇：弗雷德里克斯堡、佩恩斯维尔、梅萨维斯塔。这里突然出现了一种复合公寓，其能源似乎由回收的悬浮飞船引擎提供。我敢说这东西是违法的，但在山脉东侧多风的高地，法律和秩序本就难觅影踪。车要加油，我也要尿尿，可是在抵达伍德福兹的加油站时，油泵旁停着几辆大型皮卡，穿着迷彩裤、戴着墨镜的武装人员环立四周，皮卡的载货平台上固定着几台竞技无人机。我只好继续向前驶去。

最后，我将车停在供挂车回旋的回车道上，跑下一条沟，在那里撒了尿。蹲着的时候，我发现几米开外的平地上，一头瘦弱的母马站在灌木丛中。完事后，我试着呼唤它。

"嘿，姑娘。"我说。那匹马竖起耳朵，转头对着我。在本应该是眼睛的位置，却只有两个黑洞。

我们听着汽车音响中播放的蹦蹦的磁带，车外的地貌越来越像山区，海拔指示牌也越来越频繁地出现。公路又变得笔直起来，伸入一条岩石山谷。云影在凹凸不平的路面上缓缓移动。山谷中，我们的车就像插入雪景球的显微探头。山脊上的巨石间，一艘废旧突击舰的残骸赫然现身，有人在炮塔上画了张卡通人脸。蹦蹦从椅子上坐起来，紧盯着飞船。"没错，我看见了——是阿斯特先生。"我说。蹦蹦始终注视着那只星际太空猫的笑脸，直至它消失在我们身后。

我思考着那匹瞎马出了什么事。或许是害了病。我祖父偶尔会去金斯顿照顾一只独眼狗，它叫科迪，一个毛茸茸的家伙，我想不起是什么品种了。它有时会撞上路灯柱。祖父总在周末去照顾它。我们曾经带着科迪去人造湖散步，那里周围都是活动房屋。我有次在小路上发现了一条死鱼。我们曾租下一条脚踏船，到湖心岛上的"华夫饼厨房"用餐。所有宿营的游客都会用吃剩的华夫饼喂湖中的鲤鱼，所以它们又大又肥，性情温顺。科迪会朝游到船边的肥鲤鱼吠叫。

餐馆里有一台神经成像游戏机，需要投币才能玩，但从来没人用过。那台机器的屏幕可以播放游戏的实时影像，没人玩的时候，上面就会播放与游戏机相连的竞技场的视频。我会抱着独眼小狗，站在那里观看视频，渴望自己也能玩一把。

在祖父的葬礼上，我最后一次见到了科迪。

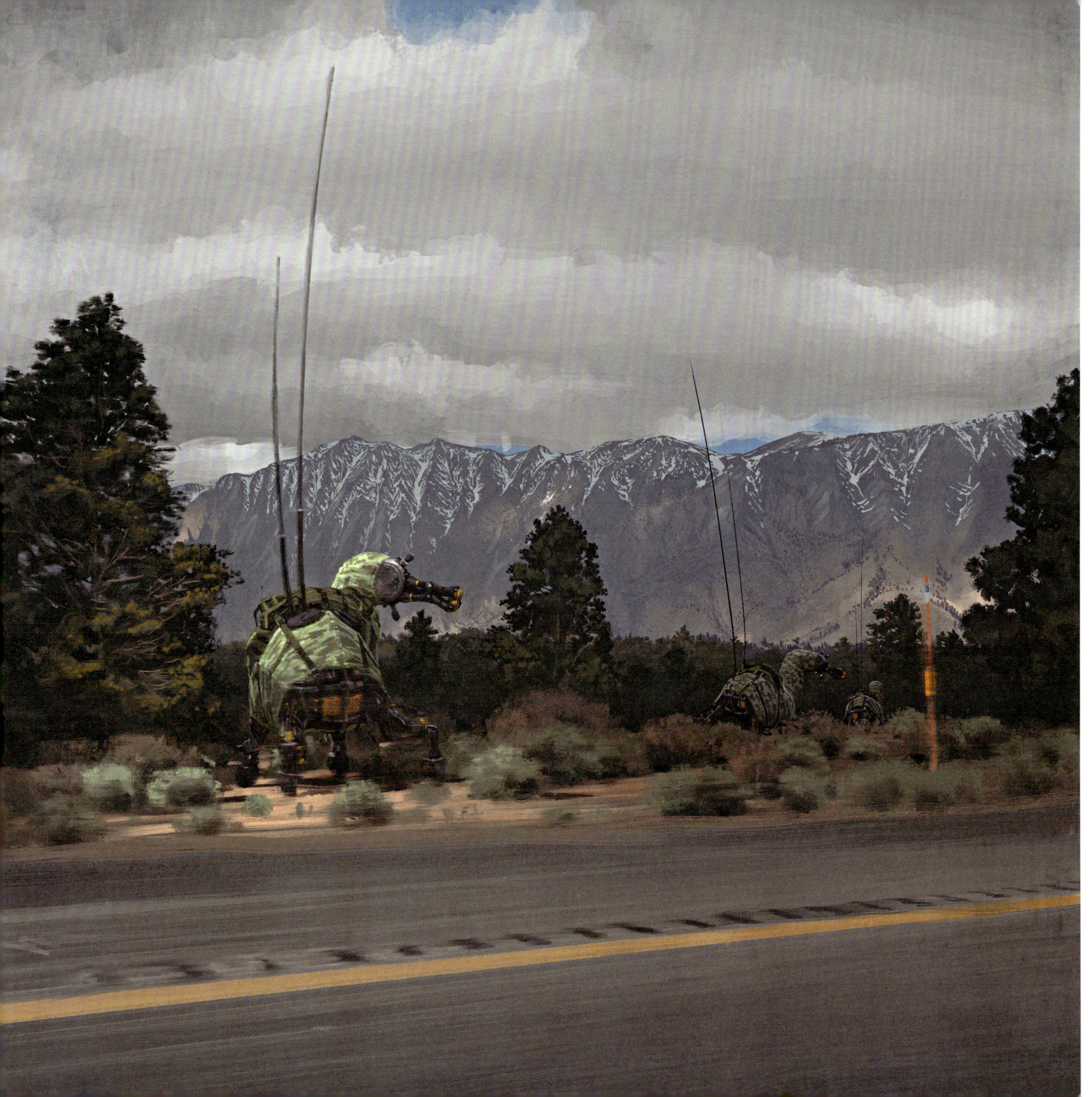

公路好不容易才爬过山脊，伸入下一个空旷的山谷。一块标志牌显示，我们正在驶入军事禁区。蹦蹦睡着了。那些被遥控的机器正在山谷中游荡，穿越石头路面时，它们长长的无线电天线如同触角一般，在灌木丛上方摇来晃去。

祖父总是用一种特殊的方式为我铺床。他会先将一个枕头塞在床单下面，又将一个普通的枕头放在床单上，然后还要在羽绒被上铺一层蕾丝边床单。他尤其重视家中是否美观。

我同祖父在金斯顿生活了三年。那座城市整日整夜都弥漫着从船坞烟囱喷出的某种物质的臭味。他们在金斯顿制造悬浮飞船。同金斯顿的其他所有老人一样，我祖父在船坞工作过；同许多船坞工人一样，他随时随地都在咳嗽。我夜里躺在床上，会听见他在厕所呼哧呼哧地喘气。直到他的卧室里再次传出鼾声，我才能重新入睡。我住那儿的最后一年，他的咳嗽日渐恶化。一天晚上，我们在厨房里下棋，他突然咳起来，咳得透不过气，一头栽在棋盘上，棋子洒得到处都是。两个月后，我到了索斯特，同特德和比吉特生活了。

88号公路带我们沿卡森山道越爬越高，我的耳朵也越来越难受。山坡上覆盖着大片大片的厚雪，路旁的雪堆脏得同沙砾差不多颜色。我瞥见远方一张大大的笑脸——那是不时闪现的广告屏，最后被树林完全挡住。电线横贯头顶的天空。绕过一个弯道时，我们看见山坡上的树林中浮现出一座巨大的球形建筑，密密麻麻的电线与其相连。蒸汽和水喷入表皮粗糙的树木之间，形成一条条小溪，沿着植被茂密的山坡流下，淌过路面。建筑侧面有一幅Sentre的广告，我想整座设施肯定曾经属于他们。我猜，肯定有数百万人的思想曾经在那东西里欢腾，而为了取悦这数百万人所消耗的电力融化了冰雪。

真应该有人将这些设施从基座上掀翻，让它们滚下山，碾进灌木丛，把残破的花园、房屋、富有责任心的父母和他们的SUV全都压碎，最后平静地停在废弃的市中心，成为人类的纪念碑。

这一切是如何开始的呢？我确实记不起来了。起初就像一种再正常不过的娱乐活动，就像看电视。有时候他们会看电视，有时候他们会坐在那儿戴上神经投影仪。我压根儿不觉得这有什么。1996年的一次重大升级之后，事情才开始变得古怪起来。就是Mode6上市之后。

自那以后，他们就很少看电视了。家里也更安静了。我记得，有时候，阿曼达和我放学回家，特德和比吉特还坐在客厅沙发上，头戴神经投影仪，就像木头人一样，完全没了反应。有天晚上，我们甚至在他们脸上涂鸦取乐。阿曼达给比吉特画了两撇小胡子。

周末他们很晚都不睡。一次，我们都在厨房的时候，我想谈谈这件事，就问他们为什么老在玩投影仪。他们似乎并不怎么担心，只承认最近确实花了很多时间玩投影仪。特德拍了拍我的脸颊，说：

"好主意，米歇尔。我们应该当心你！"

然后他捏住我的鼻子，发出汽车喇叭一样的嘟嘟声。

还有一次，特德试图向我解释，为什么他那么多件T恤衫和衬衫的胸口都弄脏了。

"一点都不危险，是有人会出现这种情况，完全正常无害。泌乳在男人当中比你想象的更常见。学名叫'乳溢'，对人半点害处都没有，只是洗起来比较麻烦！"

后来，特德坐在角落的家庭办公室里，靠在椅背上，戴着神经投影仪，浑身上下只穿一条内裤，嘴在投影仪的阴影下蠕动，嘴角不时抽搐。调制解调器死机了，我不得不重启。我探过桌子，发现桌面上出现了一小滴液体，就在台灯投下的光圈的中心。然后又是一滴。然后又有一滴落在我的胳膊上。我一开始还以为是口水——特德无意中从嘴里喷出了几滴口水——但接着我就发现，有什么东西流到了他的胸口和肚子上。那是一种白色的乳状液体，正从他颤抖的乳头中静悄悄地、一点点地喷射出来。

车外，黄色的维护机器人拖着巨大的缆线导轮，摇摇摆摆地穿过公路，看样子就像慢腾腾爬行的乌龟。它们身后拽着神经成像网络的缆线，从表皮粗糙的高山树林之间蜿蜒而来。

我们终于在库克站加到了油。我趁机买了几桶备用汽油，放在后车厢。餐馆关门了，我在商店买了三明治、牛肉干，还有几罐汽水。太阳钻出云层，又被浮云遮蔽。我吃三明治，给了蹦蹦几片面包。它跑来跑去，想把面包喂给当地的花鼠。"你得了花鼠狂热症。"我说。过了一会儿，它坐下来，头靠在我肩上。"累了吗？"我问。蹦蹦点点头。

"我也是。我们休息一会儿。"

雨又落了下来，我醒了。蹦蹦站在远处的沙砾停车场里，看着树林中的什么东西。我走到它身边，发现了那个引起它注意的东西。那是一只狗，站在两棵树之间。一只孤零零的淡黄色吉娃娃，穿着小外套，浑身发抖，竖着耳朵，注视着我们。"走吧，蹦蹦。"我说，"走吧，我们走。"我抓住蹦蹦的手，一起返回车内。

起初，上帝创造了神经元。电流通过脑中的三维神经细胞网络时，意识便产生了。神经细胞越多越好。人类的大脑包含数以千亿计的神经元，所以我们做卤汁面条比黑猩猩更在行。我说过，没有人真的明白意识是如何运作的。六十年代，神经元技术方面的唯一进步，就是具备了从大脑读取、复制信息并将信息输入大脑的能力；我们最大的发现是如何将这些信息在操作员和无人机之间进行无延迟传输。神经元技术从来都不是研究意识是怎么回事的。它基本上就是一种"剪切/粘贴"技术，用来生成合适的用户界面，操控七十年代早期联邦军队制造的高级机器人。简单地说，就是一种高级的操纵杆。

那么，如果人类智能形成于人脑中千亿脑细胞之间的相互作用，那将这个人脑与其他同样包含千亿脑细胞的人脑连接起来会发生什么？可以在神经元的层面上连接两个或者更多的大脑吗？如果可以的话，在这样一个大得多的神经网络之中，又会产生什么样的意识呢？

有人认为，战争期间，军方神经成像网络中形成了这样一种"蜂巢思维"，因为多到难以置信的神经细胞彼此连接，产生了副作用。他们称其为"脑间智能"。同样一批人认为，这种更高级的意识试图通过影响无人机操作员的生殖周期来为自己赋形。真若如此，它便是战争期间造成所有死胎的罪魁祸首。

这批人自称"人机一体派"。倘若十七年前，我没有在查尔顿岛看到那个穿过雪地的东西，我很可能只会将他们当成一种新世纪技术邪教，不予理会。

THE CENTRAL VALLEY

中 央 谷

88号公路终于将我们带下山，我们离文明有序、状如密网的公路系统越来越近了。从表面上看，山脉这一侧的世界似乎还没有陷入停滞。汽车和行人在神经成像塔的红色信号灯下缓缓移动，仿佛生活一切如常，尚未受到遥远内陆发生的连锁反应的影响。这一幕根本没有让我的心情好转，除非警察和好奇的人群能放我一马。毕竟车和霰弹枪都是我偷来的——如果我们被拦下，一切就全完了。我先前一直努力避开高速公路和较大的社区，但到了这里就行不通了。前后左右的汽车越来越多，挤成一团。恐慌愈演愈烈。会有人发现我们，肯定会有人发现我们，警察会把我们拦下来。我们不能这么下去，我们必须离开公路。

我的第一个念头是：我们应该停到某个清静的地方，就在车里待着。但又忽然想到，警察专喜欢找坐在路边车里的人的麻烦。第二选择是入住汽车旅馆，可那太贵了，我们没剩那么多钱，何况还可能被要求出示身份证。这里还维持着表面上的法律和秩序，我不想引起别人一丝一毫的关注。现在的情况糟透了，我们随时都可能暴露。

PACIFICA GOLDEN
HOTELS
FREE STIMULUS
BREAKFAST
BAR
SENIOR DISCOUNT
AMADOR INN

最后，我们在一座名叫马特尔的小镇的一家小汽车旅馆停下来。旅馆的人没要求我们出示身份证，连一个问题都没问。柜台后的男人本来正戴着神经投影仪在玩什么，被我们打断后似乎不怎么高兴。我从他手上刚拿过钥匙，他就将投影仪套在头上，整个人蔫儿了下去。

房间里没有一样东西可用。打开电视，全是雪花，空调也坏了。夜幕已经降临。我们休息不了几个小时就得接着上路。蹦蹦一动不动地坐在地板上，耷拉着脑袋，面前摆着一排玩具。

"蹦蹦，你这个贪睡鬼。"我说，"捡起你的玩具，坐到扶手椅里去。我可不想在黑夜中被你绊倒。"

我将收音机设定为凌晨三点自动打开，然后一头倒在被子上，沉入梦乡。

露天平台的木地板被水浸湿了。比吉特的羊毛衫扔在草坪上，如同一块淡黄色的凸起。我打开游泳池里的灯，站在池边，俯视着池水。水面没有一丝涟漪，毛茸茸的薯片旋转着下沉，比吉特就在池底，被浸透的身体如同大理石雕像一样沉重，紧贴着瓷砖。她的神经投影仪上的LED灯还亮着，如同余烬中的微光。她的嘴会不时抽动几下，好似入梦的人。直到后来，特德摘下她的神经投影仪，她才终于咽了气，嘴角彻底不动了。

我将蹦蹦抱上车。我不得不打开它后脑勺上的小盖板，检查那里显示的数据，才确信它依然在线。它摸上去冷冰冰的，我不知道出了什么问题。

我们再次上路，外面一片黢黑。我脑中的影像甚至比车外的世界更真实。比吉特的眼睛灰蒙蒙的，仿佛在寻找什么被夺走的东西。她到底在池底待了多久？几个小时？沙发上的她将身体里所有的水都吐了出来，然后蜷起身子，一动不动，毫无气息。特德坐在地板上，不知所措，伤心欲绝，抱着她湿漉漉的尸体，抓着她的胳膊，就像在摆弄一具玩偶。医护人员将比吉特带走后，他在沙发上坐了一会儿，双眼红肿而空洞。然后，他戴上自己的神经投影仪，身体往后一靠，陷进了沙发。

天空是模糊的浅蓝色。晨光之中，我们经过了一串仿佛没有尽头的小城镇和郊区，最后抵达了一座被六车道高速公路一分为二的城市。我们驶入一条叫博德加路的乡村小道，转而西行。没过多久，我们便将文明世界抛在了身后。田野里，一台台闪烁的神经投影仪从黑暗中浮现出来。戴着投影仪的人排着长队踽踽而行，看上去已筋疲力尽。我放慢了车速，从他们身旁经过。有人停下脚步，在我们后面嗅来嗅去。在索斯特的最后几周里，我总是一大早就被这样的人群吵醒，他们拖着沉重的脚步，茫茫然沿街走来，仿佛一群不安的夜行动物正在返回郊区的巢穴。

OCEAN

PACIFIC

OCEAN

Annapolis

Austin Creek

HEALDSBURG

ST HELENA

LAKE
BERRYESSA

WOODLAND

WOODLAND

Davis

Guerneville
Monte Rio

SANTA

ROSA

Vacaville

MT VACA

Sebastopol

SANTA ROSA

Rohnert Park

Sonoma

Napa

Fairfield

Fairfield

Petaluma

CAPE
VICTORY
STATION

Novato

PETALUMA

VALLEJO

Pittsburg

PITTSBURG

Point Linden

San Rafael

Richmond

Concord

Antioch

Mill Valley

Walnut Creek

MT TAMALPAIS

POINT BONITA

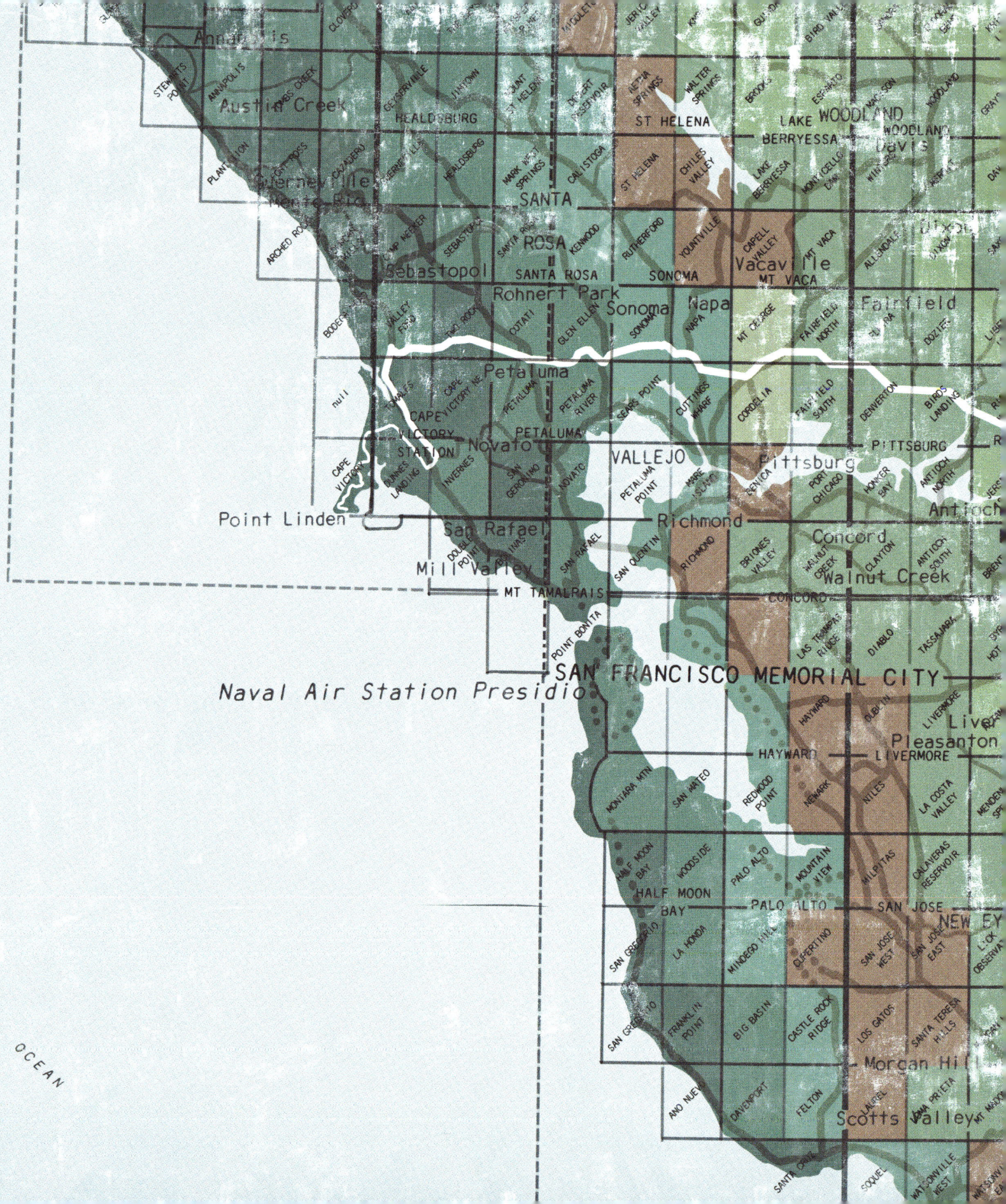

Naval Air Station Presidio

SAN FRANCISCO MEMORIAL CITY

Liver

Pleasanton

HAYWARD

LIVERMORE

HALF MOON
BAY

PALO ALTO

SAN JOSE

NEW EY

Scotts Valley

Morgan Hill

THE COAST

海 岸

WESTMORELAND
MEMORIAL PARK

A MAGITEC INITIATIVE

地貌愈发崎岖，雾气也愈发浓重。云堤从海上袭来，笼罩在群山之间、公路之上。车窗上覆盖了一层细密的水雾。

在抵达托马利斯之前几英里，我们经过了一个名叫威斯特摩兰公墓的地方。那里似乎是战争纪念园——两艘巨大的货船穿透雾气，耸立在被炸得满目疮痍的山坡上。驶近之后，我看见弹坑里停着许多小车，整片公墓都遍布人行道和人行桥，连飞船周围也有。我记得在课堂上曾讨论过索斯特城的福韦尔公墓里被炸毁的飞船，班上有一半的人断定，那些飞船只是复制品，另一半人则断定公墓里的飞船货真价实。

我们抵达海岸公路时，缺乏睡眠让我困意沉沉，只好在休息区停下来。我熄掉火，取出地图。休息区下方有一条泥泞的河床，延伸进一处貌似浅湖的地方，湖的另一头隆起一道山脊。我猜这就是地图上标出的"博德加湾"，而另一头是胜利岬的一部分。我们很可能只需向南行驶半个小时，就能够抵达邓恩码头。在那里右转进入一条较小的公路，然后沿着胜利岬一直开，便是林登角了。

蹦蹦现在醒了。它坐在那里，凝望着湖水另一头的什么东西。它指着那道山脊，山顶上立着一棵死树。"你知道这地方？"我问。蹦蹦点点头。

"你来过这儿？"

它热切地点点头，视线在我和那棵树之间游移。它简直要从自己的位置上蹦跶起来了。

"没事的，蹦蹦。把随身听取出来吧，你可以听听《宇宙小子》。咱们就快到了。我只是想休息一会儿。"

我不知道自己睡了多久，或许一个小时吧。蹦蹦戴着耳机坐着，当然仍旧是一副出神的模样。我拍了拍它的肩。"嘿，你想听的话，我们可以接到汽车音响上继续听。"蹦蹦看着我，像是什么也没听见。我指了指汽车音响。蹦蹦将磁带从随身听里取出来，塞进音响。我把地图放回包里，调整了一下座椅，然后再次上路。

海湾远端被三艘突击舰占据。曾几何时，这些飞船乃是联邦军队的骄傲。它们排列在跑道上，舰长在数千观众的注视下同总统握手。现在，它们却沦落至此——被从天上揪下、拆空，任凭海水腐蚀冲刷，最后成为鸟儿搭巢的悬崖。看看安菲翁飞船吧，它们曾满载空军的荣誉，现在却只是数千万吨废铁，锈迹斑斑，布满鸟粪。

我母亲就是被安菲翁飞船里的神经元装置烧坏了脑子的，所以我想它们这是罪有应得。

我们进入邓恩码头，一个乱七八糟的地方，商店门窗上钉了木板。在十字路口右转后，进入圣奥古斯丁大道——一条破破烂烂的乡村公路，路面到处都是凹坑。不一会儿，我们就驶出了这座小镇，进入海岬。

整个胜利岬就是一片无边无际的机器墓地。地图上，海湾深处的一小块区域被标为"圣奥古斯丁废品回收站"，而实际上随处都能看到机器残骸。每转过一个弯，一排排没有尽头的废旧悬浮飞船和战斗无人机就会映入眼帘。有些机器身上残存着战争留下的累累伤痕，其他机器多多少少还算完好，但飞船里里外外都有"刮料者"留下的痕迹。船壳上开着大洞，破损严重——装甲和设备被剥离了。有些飞船几乎被掏空，只剩下空壳倒在草地上，像没有内脏的鱼骨架。

我就是这样长大的。上帝啊，可怜的孩子。该死的母亲。想想看，我还记得那些飞船的名字吗？它们当然是安菲翁飞船，就是那种肚子里载有小飞船的大飞船。那些小飞船叫什么来着？彭透斯F型之类的。彭透斯飞船控制室的神经元装置很容易进入，尤其是我这种小不点。你要找的是那种带黄色耦接头的黑色缆线。还有那种小突击舰——它们叫欧铁乌昂。母亲告诉我，父亲在博伊西战役中驾驶的就是欧铁乌昂飞船。欧铁乌昂飞船对"刮料者"来说就是金矿。在飞船的控制室里有一块面板，上面用黄色贴纸标出的盖板下是传输杆，拽出传输杆，将钢笔塞进传输杆一侧的小洞，传输杆便会一分为二，然后就能取出里面的一束塑料过滤器。走运的话，过滤器上会粘满神经元轴突。

我们又爬上一座山的山顶。另一侧的山坡上，奶牛正在飞船残骸周围吃草。这一幕看上去真是一派祥和，但公路前方就有死牛，尸体严重腐烂，几乎成了木乃伊。有些尸体似乎还在移动，但那只是聚餐的食腐鸟的黑色背部。我们从旁经过，它们便腾空而起，随风飞散，如同怪异的蒲公英种子。我一直在后视镜里观察那群鸟。它们在死牛上方盘旋，就像一条会飞的阿米巴虫，分裂开，然后重新聚拢。

念五年级的时候，我已经住过三座城市，上过四所中学。我偶尔也会交朋友，这取决于我母亲的心情，还有我们能在哪儿停房车。别人都回家同家人团聚，举行赛前动员会，参加冰上运动和童子军大会，而我则帮母亲摄入她的身体和国家都不再为她提供的化学物质。

我刚到新学校上学的时候，校车总会被迫改变路线，穿过其他孩子从未见过的区域。这是我送给新同学的礼物——必须让这些孩子找不到理由在我们住的地方下车。

可恶的自制无人机在墓地的薄雾中移动。它们身上满是囊状物，正拖着缆线蹒跚而行。我看着它们，发觉这个可怕的地方让我想起了母亲。我心中充满了或许可以称之为怀旧的情绪。我想人人都免不了有一段难以忘却的记忆吧。"刮料者"们在我们路过的时候抬起了头。我猜最近经过这里的车并不多。

我曾努力避免去想起母亲，现在却惊讶地发现，自己竟能如此轻易地忘记她。我好像已经越过了一条看不见的界线，心中那道未愈合的伤口也终于结了痂。但那里仍然有一个深深的洞，布满疤痕，就像事故中毁容的人重建起来的面部。不过当你抚摸伤疤时，身体已经感受不到火辣辣的疼痛。

自那之后，我在金斯顿的生活糟透了。我总是思念母亲。到新学校上第一堂课，我就大喊大叫。班上所有的人都盯着我，我将脑袋埋在桌盖下面，那样子看上去肯定很可笑。等到冷静下来后，回想自己的表现时，我才意识到这一点。同学们大惑不解，沉默笼罩了教室，气氛令人窒息。老师只好向其他孩子解释说，米歇尔刚经历了磨难。然后祖父就将我接走了。

十岁左右的某个时间点，我决定将关于母亲的所有记忆封存起来，不再向任何人谈起。我一直做得很好，直到六年后在索斯特的一晚，一个空空的运动场上，我突然将一切都向阿曼达倾吐出来。我们坐在攀爬架上的网子里，我的头枕在她的大腿上。时值秋日，她戴着无指针织手套，抚摸着我的额头。手套是灰色的，上面织着雪花。她整个冬天都戴着那副手套。第二年春天，她搬家了。

趁我还没忘，再说一件关于阿曼达的事：很久之后，大概是阿曼达搬走后一年，她的父亲来到我家。欧内斯特·亨利。没错，那就是他的真名实姓。欧内斯特·亨利神父。尊敬的牧师。我们其实之前并未说过什么话，但他记得我是阿曼达的同学。他问能不能同家里的大人谈谈，我把他带到了客厅。

那会儿比吉特已经死了。特德坐在沙发上，戴着神经投影仪，一丝不挂。这一次，我放学后甚至没费神去把他盖起来。牧师转向我，说或许同我谈更好。

我们坐在厨房里。牧师举起咖啡杯，说他对索斯特正在发生的事忧心忡忡。他怀疑神经成像网络中传来的某种信号能致病，摧毁人们的意志，将其变为奴隶。牧师认为这种信号是撒旦，通过神经投影仪，撒旦将人们从上帝之路诱开，从而为即将降临的末日铺好道路。他对投影仪的担忧由来已久，也曾提醒他的会众，务必要当心：上帝给了我们耳、眼、嘴、身，就是要让我们享受上帝为我们创造的世界，而神经元网络却要将我们的思想转移到虚拟的机体里，这违背了上帝的意志。牧师发起了一场帮助人们摆脱神经网络成瘾症的运动。鉴于客厅中特德那副德行，牧师觉得或许参与这场运动对我有所裨益。

最后他问我，有没有想过自己也尝试下神经投影仪。

我告诉他我用不了。医生说过，我患有某种先天性神经疾病，导致我的一个瞳孔比另一个大，这或许也是我无法使用神经元装置的原因。我戴上之后，眼前一片漆黑，没有任何反应。牧师回答说，我应该感谢这个病，感谢上帝庇护了我。

我注视着牧师撕开装在黄色小袋子里的增甜剂，倒进自己的杯子。他开始搅拌咖啡。我问阿曼达怎么样了，一丝神圣而幸福的微笑漾过欧内斯特·亨利神父的脸庞。他回答说，阿曼达的姑姑和姑父帮她重返了上帝之路，还说听见我仍挂念阿曼达，他心里暖洋洋的。

"你们非常亲密，对不对？"他问。

牧师的勺子不断碰撞瓷杯，单调的噪声从咖啡中发出，直冲天花板，又反弹回墙壁。壁橱中，早餐谷物、燕麦片、速溶松饼粉袋子里，蠹虫痛苦地扭曲着，从腐烂的食物中纷纷现身。这噪声很快就充斥了整个厨房。我想起了牧师曾在他女儿身上留下的瘀痕，于是扭过头说：

"不对。我们其实并不怎么认识。"

公路前方出了点状况：公路工程停顿下来——工人全都迷失在某种新型神经元装置营造的幻梦之中。

公路两侧的木质房屋的外墙都涂成了白色。小屋、马厩、尖桩篱栅，全是白的。这里是一座农场。白木头沾满湿气，漫漶斑驳，看上去仿佛遭到了藻类的侵袭，就像所有的建筑一度淹没在海中，不久前才露出水面一样。公路越来越窄。要通过一座小桥，桥面是间距很大的金属格栅。这种桥是用来阻拦牛群通过的。我不得不减速。围场的棚舍里都是死去的牛犊。经过公路右侧的一座大谷仓时，我看见黑暗的谷仓里有什么东西。它在动。一张笑脸。我起初以为，它是有人放在那里的一块旧广告牌，但它转动眼睛盯着我们，还冲我们挥了挥手。那黑暗中的东西是无人机。蹦蹦转过头，谨慎地它也朝它挥了挥手，然后看着我。"那东西在那儿干什么？我不喜欢它。它看着我们，冲我们挥手，我都不喜欢。它为什么要挥手？"

这条公路有问题。我们似乎进入了死胡同。事实上，确实如此。进出林登角，唯此一途。胜利岬就是一条巨大的死胡同。我努力摆脱心中的不安，从后视镜中注视着农场。没有。什么都没有发生。农场看上去完全废弃了。绕到另一侧之后，我看见农场大宅曾被焚烧过，朝向我们的整个侧面都是焦黑的，一部分房顶都不见了。

刚驶出镇子，就看见路上横着两辆警车。是路障。

我僵坐在驾驶席，双手紧捏方向盘，然后猛踩刹车。点火开关里的钥匙前后摇摆，发出旧钟指针走动时的咔嗒声。我紧盯着警车，等着沙哑的声音随时透过扩音器朝我们叫嚷。就这样呆坐了几分钟，最后我打开车门，一只脚踩到沥青路面上。蹦蹦扑上来，抓住我的胳膊。

"没事的，蹦蹦。我们乖乖的，他们就不会凶。"

我用力将蹦蹦的机械手指从我的袖子上掰开，走下车。我认定一切都完了。我再也见不到蹦蹦了。太平洋州所有的警官出于种种原因擅离职守之后，我会在某个被遗忘的警察局的牢房里慢慢腐烂。

但我的预想落空了。我走到路障旁，发现警车里没人。有什么东西散落在沥青路面上：一把手枪，还有一些镍币模样的东西。是空弹壳。

我回到车里，屏住呼吸坐了很久，一只手紧握着车钥匙。我瑟瑟发抖，然后做了几次深呼吸，看着蹦蹦。

"是否启动曲率引擎，请指示。"

但我的声音在颤抖。蹦蹦看着我。是啊，我这次模仿的阿斯特先生的表情或许不够逼真。它举起手，对我敬了个礼。

"谢谢，船长。"我说着，转动了钥匙。

Welcome to
EST. 1915
POINT LINDEN
"The best kept secret
of Pacifica."
MARIN COUNTY

HOME OF TREY DE LUCA
1991 PAC COACH OF THE YEAR

我们驶入镇子时，天色已晚。我筋疲力尽，被倦意包围。蹦蹦已经睡着了。我将车停在一棵野生柏树下，熄掉火，下了车。这里没有车辆，也没有人声，只听得见唧唧的蟋蟀鸣唱和远方隐隐的雷声。东方的群山背后，可以看见神经成像塔的红光。我不知道是否有人注意到我们来了。算了，就这样吧。我躺在后座上，将双手塞进大腿之间，努力蜷缩成一个小球。

"米歇尔。你必须醒来。这都是一个梦，一场游戏。现在，吉姆和芭芭拉让我认清了这点。我们都只是在玩游戏而已。这没什么大不了。一切都是伪装出来的。"

阿曼达站在床边，我握住她的手，将她的手指紧贴在我的嘴唇上。她把手抽开。我滑到地板上，把脸埋在她的裤腿里。他们都把你怎么了？

我醒过来。车上冰冷潮湿，后车窗上蒙着雾水。蹦蹦身体笔直地坐着，望向窗外。我慢慢觉察到一种有节奏的噪声，像是远处的洗衣机发出来的。外面有什么东西。雾蒙蒙的车窗外，有什么发着红光的东西。我用袖口擦了擦玻璃，往外望去。

停车场的另一侧站着一群人，围绕着某种巨大的物体。到处都是神经投影仪的闪光。被他们围在中间的，似乎是一台巨大的改造过的无人机，噪声就是它发出来的。它的头部和举起的手臂看上去来自一台巨型竞技无人机，这种无人机常在神经竞技场中使用。大量缆线从洞开的头部伸出，如同章鱼的触手，落到地面，然后像蛇一样爬过沥青路，攀上一辆小货车，进入驾驶室。我隐约看见驾驶室里有什么东西——一个裸体女人的苍白躯体。她紧贴着玻璃，双眼紧闭，面部因为高度亢奋而扭曲变形。

蹦蹦转头看着我。我竖起指头贴在唇上，慢慢挪到驾驶席，转身拿起霰弹枪，抱在怀里，枪口指着地板。我们就这样等着。

缆线在小货车里工作了大约十分钟，然后脱离出来，收回巨大的圆脑袋。一圈干瘦的手指随之合拢，就像两个交握的拳头。

有节奏的机械噪声渐渐消失，无人机迈出两大步，转过身，蹒跚着步入雾气之中。周围的人群渐渐分散，没入阴影，神经投影仪的灯光忽明忽暗，像飞入灌木丛的萤火虫一样消失不见。我们呆若木鸡地坐着，大气也不敢出一口。

停车场里又只剩我们了，我将枪放回后座，转身点火时，看见小货车的门开了，刚才见到的那个女人下了车——现在已经穿上了衣服。她将衣服表面抹平，然后起身融入雾中。

我至今仍会梦见当年的场景。那是战争年代的最后一个冬天。

我们来到哈得孙湾查尔顿岛上的空军基地，本来是为了维修器械。那里的人同总部失去了联系。时值隆冬，大家只是想当然地认为，或许是糟糕的天气导致了失联。我不知道如何描述那里的一切。他们似乎都被变成了类似白蚁的东西。我是说，看看他们造出的东西你就知道。跟人类的思维简直格格不入——不知你是否明白我的意思。人类的智能水平不可能构想出那样的东西，让它以那样的方式运动。还有那种气味，在自助餐厅里最浓。所有的桌椅都沿墙堆放，房间中央有许多垃圾桶。他们将那些孩子放在里面。那些死胎。我说过，我至今仍会梦见当年的场景。

莽莽雪原上，有什么东西在远方活动，以一种难以理解的方式在结冰的雪地上艰难行进。我们烧了它。我们将那里的一切都付之一炬。

我们取下了驻扎空军基地的一百五十人的神经投影仪。他们一个都没活下来。"人机一体派"认为存在所谓的"脑间之神"，说它试图在战争中为自己赋形。经历了那件事后，我对这种观点不再持完全否定的态度。我在查尔顿岛上看到的东西，还称不上神，但它绝不是人。"人机一体派"认为，实际上，这种超级智能在战争中至少孕育了一个胎儿。那个孩子携带着完美的非人类基因组，而"人机一体派"有义务确保超级智能可以生殖、繁衍。

或许这终究只是疯话。但已经无所谓了。你对这一切的看法也都无关紧要。你需要关心的只是，"人机一体派"非常富有，而那个男孩对他们来说十分宝贵。这说不定是我们最后的机会。所以，如果你因此感到不安，别忘了我们脚下的地面已经开始移动，别忘了道路很快就不能通行，任何曾经唾手可得的机会都将化为乌有。

听着，胜利岬的秘密天堂里，发生了某件令人难以置信的事。魔鬼确实存在——那些在胜利岬迷雾中穿行的东西，只能被称为魔鬼。我是说，你看得出它们基本上就是从零建造出来的。是人类将它们拼凑起来的。你可以清楚地看到无人机的零件：一条腿、一只胳膊、一张笑脸。但它们身上还有别的东西。那是我从未见过的复合物。缆线、电路、塑料、钢铁、石油，这一切组成了一个令人费解的有机体。这些东西的组合方式不是随机的，而是明显带有某种目的。在难以捉摸的表面之下，可以看到一些起伏运动，几乎就像呼吸一样。

我害怕了。但是，当那东西从迷雾中走出，来到我们车前，我还有另一种感觉——我想只能用"敬畏"一词来描述。我被震撼了，就像你突然发觉自己在森林里走错了方向，迎面撞上一头巨大的野兽。除了怪诞，那东西还给人一种感觉——一种庄严、雄伟的感觉。在它身后，几百个林登角居民连接在一起——他们的神经投影仪都连在雾中那尊油腻的神祇上——就在我们车前的路面上，脸上一律带着近乎喜悦的表情。他们平静而温和地从我们车前经过，在我们身后又汇聚成一个整体，不久便再次消失在雾霭之中。

如果没有这些人，整个林登角便如同一片废土。我们沿着郊区住宅花园间的街道缓缓行进，我在房产经纪小册子中的微缩地图上努力寻找。奥尔德路、杰斐逊路、切斯纳特街、奥克伍德大道、汉密尔顿巷。典型的名字对应典型的街道，街道两边排列着典型的住宅，住宅里曾住着典型的家庭。

大部分花园都疏于打理，野草丛生。这种状态持续多久了？在一些花园里，甚至出现了更不可思议的东西，从草地上直接冒出来——躁动、扭曲的巨型胎儿业已成形，迫不及待地想要出生。

我得说，它们漂亮极了。我心底隐隐想要停下车，走出去，来到它们面前，抚摸它们，将这些怪胎一个个地仔细查看一遍。倘若这一幕发生在另一个世界，我会喜欢的。我会平静地在街道上穿行，着迷于周围的奇观。当然我会感到一点恶心，但更多的是狂喜和愉悦。然而，在真实世界里，一切都颠倒了：我们这种生命体才是迷人的、疯狂的——我们才是这个健康世界中唯一病态的灵魂。再没有安全的日常生活可以享受，也再没有正常的地区可以投奔。我们唯一的出路就是向前。

我知道，我们的所作所为并不文明。但我也知道，你经历了同样的事。和我一样，你肯定在某天醒来，突然意识到，一切已然注定：我们不再生活在文明时代。

1997年5月11日深夜，我们抵达了米尔路2139号。六个月前，蹦蹦到索斯特接走了我。现在，大概是时候告诉你我弟弟的事情了。

克里斯托弗出生于1982年10月12日，那年我四岁。我母亲总是说，克里斯托弗没有父亲，所以我猜他与我同母异父。我还记得一个医生，一个戴着蓝手套、穿着军装的男人，怀里抱着一个裹在毯子里的婴儿。他说："这是你弟弟，米歇尔。"克里斯托弗有点问题。他一生下来他们就知道，他脑子有问题。他三岁之前就已经接受了三十多次手术。我大约七岁的时候，母亲被空军基地解雇，帮忙照顾弟弟的人也走了，是祖父教我怎样给克里斯托弗换尿布、穿衣服，教我他该吃什么东西，该怎么喂他。是祖父开始叫他"蹦蹦"。

我还记得，我九岁的时候，我们住在母亲的房车里，车停在利伯塔利亚北部的某个机器墓地。母亲在车上，拿着小刀，正在将缆线里的神经元轴突掏出来。蹦蹦只有五岁。我们在破烂飞船旁玩耍，我发现了一个宇宙小子玩具——一个小人偶。蹦蹦喜欢宇宙小子，每一集都看过。我们玩耍的时候，蹦蹦总是扮演宇宙小子，我总是扮演宇宙小子的密友：太空猫阿斯特先生。夜里，母亲同给她钱的男人走了之后，我就会抱住蹦蹦，编造关于宇宙小子和阿斯特先生的故事。我会躺在那里，小声讲述他们英勇的银河之旅，直到蹦蹦沉入梦乡。那件玩具是我给他的，他到哪儿都带着。大约一年后，或许是一年多，我在房车的地板上发现母亲不省人事。我牵着蹦蹦的手在高速公路上走了三英里才找到援手。她一年后在霍布斯的医院里过世。母亲入院后，社会福利机构将蹦蹦带走了，而我则去了金斯顿的祖父那里。

蹦蹦来索斯特接我时，那座城市正在崩溃。不久前，我看见住在马路对面的斯泰尔斯小姐被一伙持枪男子拖出来，当街射杀。特德的尸体已经倒在河畔一个星期了。阿曼达也走了。我那颗阴郁的心早已破碎，丢弃在索斯特荒凉的街道上。

我几天没有进食了。并非因为缺乏食物——食品柜里塞满了罐头和过期的意大利面食。但我已经决定去死。我不记得当时的具体情形了，但我相信自己就是这样打算的。

我不知道蹦蹦是如何找到那台宇宙小子无人机的，也不知道他是如何找到我的。看见那个黄色机器人站在车道上，怀里抱着那件玩具——九年前我给弟弟的玩具——我立刻明白了。"蹦蹦，是你吗？"我说。黄色机器人点点头。

"你找到的宇宙小子可真不赖啊。"

然后，我坐到车道上，失声痛哭。我说过，特德已经倒在河畔一个星期了。他四肢摊开，躺在一把太阳伞下。我们开着他那辆旧卡罗离开索斯特时，秃鹫已经吃光了他的大部分身体。但在神经投影仪的长角下，他依然嗫动着嘴巴，就像还在做梦一样。

119

有什么东西开始摇晃房子，伴随着一阵深沉而空洞的回响。脚下的地板振动起来，我想也不想便奋力扑上去，抱住床上那个干瘦的男孩。外面有什么硕大的东西在移动，油漆和灰泥的碎片像雨点一样落在我们身上。我闭上眼，等待房顶轰然塌陷。一道巨大的冲击波穿过房子，某种玻璃制品摔碎在别处的地板上，然后整座房子安静下来。我躺在床上，怀抱着男孩，唯一能听见的，是他的神经投影仪里风扇发出的轻柔嗡嗡声。

最后我抬起头，看着男孩。我轻轻扭过他的脑袋，就在那儿，在投影仪边缘下方，他的耳朵后面，我找到了那条手术留下的长长的、闪亮的疤痕。我握住他的一只手，在那里呆坐了一会儿。

我看着蹦蹦坐在社会福利机构的车后座离开金斯顿时，他只有六岁；我将他从林登角米尔路2139号的床上抱起来时，他已经十四岁了。其间他经历了什么，我全然不知。我几乎感觉不到他身体的重量，神经投影仪仿佛才是最重的部分。我猜他应该死了。根本无法确认他躺那儿多久了。我把他带到厕所，放水用毛巾擦洗他身上厚厚的污垢。然后我坐了很久，一只手贴着他的脸颊，努力用手指感受他的脉搏。

什么东西发出一阵咔嗒咔嗒的声响。我连忙去摸枪，然后意识到弟弟还在操控那个黄色机器人，而它正在外面的厨房里走来走去。然后它进入厕所，站在我们面前，怀里抱着一堆罐装水果。

我们来到林登角的一家废弃便利店。我给蹦蹦喂了些罐装食物。他还喝了点矿泉水。我在街道另一侧的体育用品商店找了新衣服和新鞋给他穿。

我还没有取下他的神经投影仪。他在吃东西，没有吐出来。但我还不敢那样做。时机还没到。特德一取下比吉特的投影仪，她便当场死亡的那一幕，一直在我眼前回放。小皮艇只能容纳两个人，而取下投影仪后，机器人会立刻崩毁，到时我真不知该怎么办了。不行。我们很快就得前往海滩，到时我必须痛下决心。明天早上，不能再拖。我到时一定会做的。

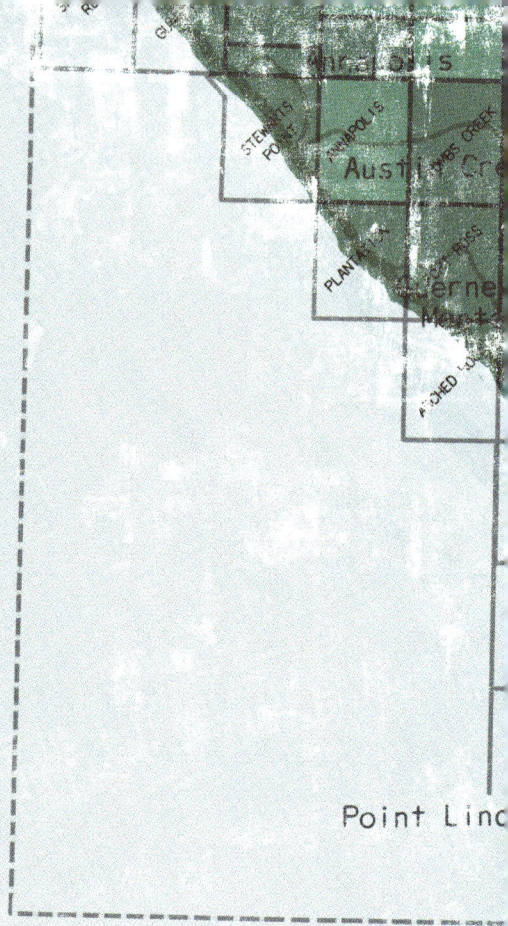

PACIFIC

OCEAN

PACIFIC

OCEAN

PACIFIC

OCEAN

Point Lind

Naval A

THE SEA

大 海

电幻国度

作者 _ [瑞典] 西蒙·斯塔伦海格   译者 _ 汪洋

产品经理 _ 吴涛   装帧设计 _ 何月婷   产品总监 _ 吴涛   技术编辑 _ 白咏明

责任印制 _ 路军飞   出品人 _ 路金波

果麦

www.guomai.cn

以 微 小 的 力 量 推 动 文 明

© Photo: Fredrik Bernholm

西蒙·斯塔伦海格
Simon Stålenhag

1984年生于瑞典斯德哥尔摩，当代科幻插画师、概念设计师。

已出版：《无限循环》《水中之物》。《电幻国度》是他的第三部作品。

The Electric State by Simon Stålenhag

Copyright © 2017 by Simon Stålenhag

Published by arrangement with Salomonsson Agency AB, through The Grayhawk Agency Ltd.

Simplified Chinese translation copyright © 2018 by Guomai Culture & Media Co., Ltd.

All rights reserved.

版权合同登记号：图字：11-2018-144 号

图书在版编目（CIP）数据

电幻国度 /（瑞典）西蒙·斯塔伦海格著绘 ; 汪洋
译 . -- 杭州 : 浙江文艺出版社 , 2018.9（2023.11 重印）
　书名原文 : The Electric State
　ISBN 978-7-5339-5407-9

Ⅰ . ①电… Ⅱ . ①西… ②汪… Ⅲ . ①科学幻想小说
—瑞典—现代 Ⅳ . ① I532.45

中国版本图书馆 CIP 数据核字 (2018) 第 211481 号

电幻国度

[瑞典] 西蒙·斯塔伦海格　著绘　汪洋　译

责任编辑　金荣良
装帧设计　何月婷

出版发行　浙江文艺出版社
地　　址　杭州市体育场路 347 号　邮编 310006
经　　销　浙江省新华书店集团有限公司
　　　　　果麦文化传媒股份有限公司
印　　刷　天津图文方嘉印刷有限公司
开　　本　889 毫米 ×1194 毫米　1/12
印　　张　12
印　　数　27,001-30,000
版　　次　2018 年 9 月第 1 版　2023 年 11 月第 6 次印刷
书　　号　ISBN 978-7-5339-5407-9
定　　价　198.00 元